VENTE

DES MERCREDI 20 ET JEUDI 21 MARS 1901

HOTEL DROUOT, SALLE N° 6

A DEUX HEURES

TRÈS BELLE

ARGENTERIE

BIJOUX

OBJETS D'ART — MOBILIER ANCIEN

TABLEAUX MODERNES

Mᵉ LAIR DUBREUIL	M. A. BLOCHE
COMMISSAIRE-PRISEUR	EXPERT
Successeur de Mᵉ DUCHESNE	*près la Cour d'Appel*
6, rue de Hanovre, 6	**28, Rue de Châteaudun, 28**

EXPOSITION PUBLIQUE

LE MARDI 19 MARS 1901

DE 2 H. A 6 HEURES.

CATALOGUE

DE

TRÈS BELLE ARGENTERIE

ancienne et moderne

Bijoux — Diamants — Pierres de couleur

MOBILIER ANCIEN

et de style

BEAU SERVICE DE CAPO-DI-MONTE

Anciennes Porcelaines de Chine et du Japon
Beau Groupe en Marbre de Madrassi

BRONZES D'ART ET D'AMEUBLEMENT

Tableaux

Importante décoration d'Hogarth

VENTE

HOTEL DROUOT, SALLE N° 6

Les MERCREDI 20 et JEUDI 21 MARS 1901

A 2 HEURES

Me F. LAIR DUBREUIL
COMMISSAIRE-PRISEUR
Success^r de Me Duchesne
6 — Rue de Hanovre — 6

M. A. BLOCHE
EXPERT
près la Cour d'Appel
28, Rue de Châteaudun, 28

EXPOSITION PUBLIQUE

Le Mardi 19 Mars 1901, de 2 h. à 6 h.

CONDITIONS DE LA VENTE

Elle sera faite au comptant.

Les acquéreurs paieront *dix pour cent*, en sus des enchères.

L'Exposition permettant au public de se rendre compte de l'état et de la nature des objets, il ne sera admis aucune réclamation, une fois l'adjudication prononcée.

Paris. — Imprimerie artistique Ménard et Chaufour 8-10, rue Milton

DÉSIGNATION

ARGENTERIE

1 — Grande et belle jardinière en argent, finement ciselé, frise à figures de nymphes et d'amours au milieu d'arabesques, anses formées par des cariatides de femmes style Louis XVI. Travail de la maison ODIOT.

2 — Paire de candélabres en argent ciselé à sept lumières, dessin à cannelures et guirlandes. Style Louis XVI.

3 — Grand vidrecome en argent repoussé à figures de chasseurs, attributs et chutes de fruits, couvercle surmonté d'une statuette d'enfant tenant une guirlande. Travail de style Renaissance.

4 — Grand vidrecome en argent repoussé à scène de bataille, couvercle surmonté d'une statuette équestre. Style Renaissance.

5 — Très jolie garniture de toilette en vermeil

ciselé et guilloché de style Louis XVI, composé d'une glace ovale psyché, de douze flacons, de quatre boîtes à poudre et à brosses, d'un miroir à main et de trois brosses.

6 — Douze petites casseroles à crème, en argent repoussé et repercé à jour, poignée à cariatides de femmes. Travail ne Cardeilhac.

7 — Ramasse-miettes avec brosse en argent. Style Louis XV.

8 — Belle boîte ronde en vermeil repoussé, couvercle représentant une offrande à l'amour.

9 — Douze cuillers à café en vermeil ciselé. Travail d'Odiot de style Louis XV.

10 — Douze cuillers à café en argent doré à guillochures.

11 — Douze couteaux lames en acier, manches en métal doré japonais.

12 — Vingt-quatre fourchettes et douze cuillers en argent, bordure à cordelière.

13 — Service en argent dessin de style Louis XIV, composé de : 24 grandes fourchettes, 12 cuillers à soupe, 12 couverts à entremets, 12 fourchettes à huitres, 12 cuillers à café, 1 louche, 24 couteaux de table, 1 service à poisson, 1 service à salade, 1 cuiller à sauce, 1 cuiller à glace, 24 couteaux à dessert, 1 cuiller à sucre, 1 pince à sucre.

14 — Service de table en argent, composé de 72 fourchettes et 24 cuillers.

15 — Service de table en argent, à bordure contournée et ciselé, dessin rocailles et fleurs composé de 2 plats longs et 4 plats ronds. Style Louis XV.

16 — Caisse renfermant un service à dessert en vermeil. Travail de Touron de style Louis XV, composé de : 24 couverts à entremets, 24 couteaux lames en argent, 24 couteaux lames en acier, 18 cuillers à café, 1 cuiller à compote, 1 cuiller à sucre, 1 pelle à glace, 1 pince à sucre.

17 — Garniture de toilette en argent gravé, composée de 14 pièces : boîtes, flacons, couvercles.

18 — Douze couteaux à dessert, lames en argent, manches en métal japonais à décors variés.

19 — Pince à sucre et cuiller à poudre en argent doré.

20 — Ecrin contenant une pince à sucre forme ciseau, une cuiller à poudre et 24 cuillers à café en argent doré à armoiries et nœuds de rubans. Travail de Cardeilhac.

21 — Service à poisson en argent anglais ciselé à ornements dans le goût oriental composé de 3 pièces.

22 — Service à découper, manche en argent à motifs Louis XV.

23 — Quatre salières ovales en argent ciselé, à têtes de lions reliées par des guirlandes. Travail d'Odiot de style Louis XVI.

24 — Paire de flambeaux en bronze ciselé et argenté à figures d'enfants au milieu de rocailles. Style Louis XVI.

25 — Paire de flambeaux en bronze ciselé et doré à fuseaux cannelés. Epoque Louis XVI.

26 — Soupière Louis XV en argent repoussé à sujets d'après Boucher, poignée forme orange, anses et pieds à rocailles.

27 — Légumier à double fond avec son couvercle posant sur un réchaud en argent ciselé et guilloché à rocailles, poignée forme légume. Travail d'Odiot de style Louis XV.

28 — Corbeille à fruits en argent ciselé à rocailles, anses à têtes de femmes au milieu de fleurs. Style Louis XV.

29 — Deux saucières sur plateaux adhérents, en argent ciselé, bordures à rocailles fleuronnées. Style Louis XV.

30 — Cassolette en argent repoussé et doré à médaillons de personnages au milieu d'arabesques fleuries et feuillagées, couvercle surmonté d'un groupe représentant Saint-Michel terrassant le dragon.

31-32 Deux légumiers en argent uni, bordures à

contours et filets Louis XV. Travail de la maison Mousset.

33 — Paire de flambeaux Louis XVI, en argent ciselé et repoussé à fuseaux, forme gaines cannelées surmontées de têtes de béliers, base à guirlandes de fleurs et thyrses de laurier.

34 — Légumier avec son couvercle et son plateau, en argent uni à filets, anses plates ciselées et repercées à jour, poignée forme couronne de laurier. Style Louis XVI.

34 bis — Jardinière en argent, dessin ajouré à rocailles, fleurs et écussons. Style Louis XV.

35 — Chocolatière en argent ciselé à ornements feuillages, goulot à tête de femme drapée, anse à cariatide sur gaine. Louis XIV.

36 — Paire de flambeaux en argent, fuseaux cannelés, bases à feuillages Louis XVI.

37 — Petite corbeille en argent repoussé et repercé à jour rocailles feuillagées et écussons, anses mobiles. Style Louis XV.

38 — Coupe sur pied avec couvercle en argent repoussé et gravé, bordure dentelée, culot à godrons base ajourée. Hollande XVIIIe siècle.

39 — Saladier en cristal taillé à côtes tournantes, bordure en argent ajouré à rocailles et écusson chiffré.

40 — Quatre carafons à vins fins en cristal taillé et gravé garni d'argent. (Seront divisés).

41 — Paire de flambeaux en argent ciselé et repercé à jour. Style Renaissance.

42 — Coupe à Champagne en argent ciselé à têtes de lions et branchages fleuris.

43 — Garniture d'ombrelle en argent ciselé et doré composée d'une béquille à tête de femme et de huit pointes.

44 — Moulin à poivre en argent.

45 — Poivrière en argent. Style Louis XV.

46 — Cafetière, pot à lait et verseuse en cuivre, intérieur en argent.

47-48 — Paire de candélabres en métal argenté. Style Louis XV.

49 et 50 — Quatre flambeaux en métal anglais argenté Ier Empire.

51 — Ciboire en argent.

OBJETS DE VITRINE, BIJOUX

52 — Boîte ronde en poudre d'écaille teintée lie de vin, couvercle orné d'une jolie miniature portrait de jeune femme.

53 — Montre en or ciselé et émaillé, offrant sur le boîtier une offrande, cadran signé DUCHÊNE. Époque Louis XVI.

54 — Montre en or ciselée, de couleur, à médaillon chien et oiseaux. Époque Louis XVI.

55 — Montre en or émaillé, boîtier offrant des enfants s'amusant. Fin Louis XVI.

56 — Montre d'homme, en or, à sonnerie, cadran ciselé et découpé à jour représentant deux personnages frappant sur des cloches. Époque Louis XVI.

57 — Parure en or enrichi de perles et d'émaux à amours en grisailles sur fond rose. Époque Louis XVI.

58 — Carnet dit souvenir en nacre gravé, monture en cuivre ciselé et doré. Ier Empire.

59 — Deux petites coupes ovales sur pied en cristal de roche gravé.

60 — Petite cafetière en argent doré. Style Ier Empire.

61 — Deux petits bustes de faunes en ivoire sur socle en cristal taillé cerclé d argent doré.

62 — Buste d'enfant en ivoire sculpté.

63 — Pot à crême en porcelaine de Tournai à réserves de paysages et volatiles sur fond gros bleu.

64 — Boîte ovale en laque de Perse, couvercle orné d'un portrait de femme.

65 — Breloque-cachet en or repoussé et ciselé de couleur avec grosse topaze. Ier Empire.

66 — Flacon à odeurs forme mandoline, monture en argent.

67 — Flacon à odeurs en cristal, bouchon en argent doré, orné d'un grenat et de turquoises.

68 — Petit groupe en argent ciselé : Le Baiser maternel, posant sur un socle formant cachet.

69 — Flacon en ivoire.

70 — Bonbonnière en émail, couvercle avec tête de femme.

71 — Boîte ronde avec couvercle en porcelaine décorée, couvercle représentant Napoléon Ier.

72 — Bonbonnière en ivoire, couvercle orné d'une miniature, tête de femme.

73 — Étui à cigares en écaille incrusté d'or.

74 — Porte-cartes en ivoire avec chiffre A. C. entrelacés.

75 — Bague en or enrichie d'un brillant.

76 — Bracelet en or avec montre remontoir en or enrichie de diamants.

77 — Broche en or forme croissant enrichie de brillants et de roses.

78 — Montre savonnette en or remontoir à répétition.

79 — Broche en or enrichie de diamants et d'un brillant au centre.

80 — Croix ancienne en diamants.

81 — Paire de pendeloques anciennes or et diamants.

82 — Boite ancienne en pierre dure ornée d'une grisaille.

83 — Epingle à chapeau ornée de turquoise.

84 — Epingle de cravate en or ornée d'une perle fine.

85 — Paire de boutons d'oreilles en or ornés de deux perles fines entourées de brillants.

86 — Bague marquise enrichie de brillants avec rubis au centre.

87 — Bague en or ornée de deux brillants et d'un pérido.

88 — Epingle de cravate forme pensée enrichie de diamants.

89 — Bague en or ornée d'un diamant et de deux rubis.

90 — Bague Louis XVI ornée de marcassites.

91-92 — Sept miniatures : Portraits d'hommes, de femme et sujets.

93 — Miniature ovale : La Femme au chat.

94 — Gouache : La Malade dans le genre de Greuze.

95 à 97 — Sept boites en émail, décors et formes variées.

98 — Custode en métal et peinte.

99 — Bonbonnière en fonte de Berlin.

100 — Tabatière en corne.

101 à 103 — Huit clés avec pierreries du Directoire.

104 — Agraffe de manteau en argent,

105 — Nécessaire en émail peint, style Louis XV à sujets mythologiques.

106 — Flacon en émail de Saxe, fond blanc avec figure et bouquet de fleurs.

107 — Coffret en porcelaine décorée, la joueuse de mandoline. Style Empire.

108 — Boite en porcelaine décorée à scène champêtre.

109 — Poivrière en étain.

110 — Bracelet en or avec inscription : *Recuerdo*, tout en diamants.

111 — Broche, forme fer à cheval, en or émaillé à sujet de course.

112 — Six boutons en argent doré et émaillé, enrichies des perles fines.

113 — Sautoir avec pendentif en argent doré et émaillé, garni de perles émeraudes et grenats.

114 — Pendeloque en argent émaillé, enrichi de perles et d'émeraudes.

OBJETS D'ART

115 — Très beau groupe en marbre de MADRASSI : les Baisers du matin.

116-117 — Deux frises rectaugulaires offrant sur marbre noir en incrustations, décor grisaille, des scènes de chasse à courre, encadrées d'ornements. XVIIe siècle.

118 — Paire de candélabres formés de statuettes de petits bacchants et de petits faunes en bronze, patine foncée, portant chacun deux bras de lumières montés sur futs de colonne en marbre blanc cannelé, garnis de bronze doré Louis XVI.

119 — Paire de flambeaux en bronze doré, decor à feuilles d'acanthes et guirlandes, pieds à perlés, époque Louis XVI.

120 — Pendule en bronze, partie dorée à cornes d'abondance et figures d'enfants de chaque côté du

mouvement surmonté d'un aigle, fin XVIIIe siècle.

121 — Deux bouts de table en bronze, style Louis XVI, à deux lumières.

122 — Lustre à électricité, modèle à feuillages et fleurs, à cinq lumières et deux allumages, de la maison Guinier.

123 — Pendule Ier Empire en bronze doré : jeune femme à sa toilette.

124-125 — Deux figurines Evêque et Vierge en bois sculpté, XVIIe siècle.

126 — Deux petites consoles d'applique en bois sculpté et doré, forme Louis XIV.

127 — Buste en terre cuite : jeune femme coiffée d'un bonnet enrubanné, XVIIIe siècle.

128 — Vase en porcelaine du Japon, décor à personnages et fleurs.

129 — Applique à fond de glace à deux lumières, monture cuivre.

130 — Groupe en bronze d'après CLODION : Nymphe, Satyre et Enfant. Socle en marbre.

131 — Buste de vieille paysanne en terre cuite.

132 — Paire de beaux candélabres Louis XVI, formés par trois cariatides de femmes supportant un vase en marbre d'où s'échappe un bouquet de fleurs à trois lumières.

133 — Deux éléphants en porcelaine, sur socles en bronze Louis XV.

134 — Groupe en bronze de Clodion : Faune et Bacchante.

135 — Statuette en bronze : la Vénus marine, socle en marbre.

136 — Très belle paire de chenêts Louis XVI formés par des figurines d'enfants portant un brûle-parfums.

137 — Pendule Louis XVI en bronze ciselé à cariatides d'enfants.

138 — Deux statuettes en bronze : les Enfants studieux, socles en marbre brèche ornés de moulures en bronze doré.

139 — Paire de grands bras d'applique Empire formés par des figurines d'enfants portant un bouquet à trois lumières.

140 — Deux statuettes en bronze : les Enfants satyres, de Clodion. Socles en marbre.

141 — Grande jardinière Louis XV en étain ciselé à rocailles et fleurs.

142 — Beau groupe en bronze, patine verte, de Barye : Thésée combattant le Centaure Biénor. Édition de Barbedienne. Sur socle en marbre rouge à moulure de cuivre.

Bronze. Haut. : 0m75. Larg. : 0m65.

143 — Buste d'homme Louis XV en marbre blanc.

144 — Grille ancienne en fer forgé.

145 — Deux cassolettes Louis XVI, montures bronze.

PORCELAINES

146 — Important service de table, à dessert et à café en ancienne porcelaine de Capo di Monte, décor à médaillons offrant chacun des vues différentes de villes d'Italie, bordures gros bleu à filets d'or. Il se compose de :

Deux seaux à rafraîchir, trois soupières ovales avec leurs plats, deux grands raviers, six petits raviers de deux grandeurs, deux saladiers, cinq plats ovales, quatre autres moins grands, cinq plats ronds, soixante-dix-neuf assiettes plates, treize assiettes creuses, douze pots à crème avec couvercles, une écuelle, deux petits seaux, une saucière, un huilier, deux verrières, quatre petits plateaux à bonbons ou à sucre, un sucrier, douze tasses à café, douze tasses à thé, douze soucoupes.

147 — Paire de grands et beaux vases en porcelaine du premier Empire, décor fond gros bleu de roi, médaillons à paysages encadrés d'ornements, avec anses en forme de cariatides de génies ailés à rehauts d'or. Haut. : $0^{m}70$.

148 à 150 — Trois grands plats ronds vieux Chine, famille verte, décor paysages, fleurs et oiseaux.

151 — Trois grands bols en ancienne porcelaine de Chine de la famille rose, décor par compartiments à fleurs et corbeilles.

152 — Douze assiettes plates en vieux Chine, famille rose, décor à paysages.

153 — Six assiettes creuses, même porcelaine.

154 — Dix tasses vieux Chine, famille rose, décor à fleurs et lambrequins.

155 — Onze assiettes creuses vieux Chine, famille rose, décor à fleurs et festons d'ornements.

156 — Douze assiettes creuses vieux Chine, famille rose, décorées au centre de médaillons à fleurs.

157 — Grand cruchon en grès d'Allemagne, fond brun, décor en relief et polychrome à armoiries, étoiles et groupes de personnages en costumes du xve siècle. Signé Jacob Vappe 1646.

MEUBLES

158 — Table-bureau à dessus mobile en marqueterie de bois, ouvrant à cinq tiroirs et tablette pour écrire. Époque Louis XVI.

159 — Beau meuble de style XVIIIe siècle en bois sculpté et doré, couvert en brocart, composé d'un canapé, deux fauteuils et deux chaises.

160 — Bibliothèque en acajou, à moulures de cuivres et ornements en bronze doré. Style Ier Empire.

161 — Bureau plat en acajou moucheté garni de bronze doré à amours et guirlandes, dessus en cuir noir. Style Ier Empire.

162 — Meuble formant vitrine dans le haut et commode dans le bas en acajou garni de filets et moulures en cuivre. Style Louis XVI.

163 — Commode forme demi-lune en acajou garni de filets de cuivre, dessus en marbre blanc et galerie ajourée. Style Louis XVI.

164 — Guéridon en acajou garni de bronzes, dessus en marbre. Style Louis XV.

164 *bis* — Guéridon en acajou orné de bronzes dorés, dessus en marbre. Style Ier Empire.

165 — Bergère en bois sculpté et doré à rais de cœur et fleurs, couverte en soierie rayée vert. Style Louis XVI.

166 — Bergère en bois sculpté et doré, couverte en soierie crème brochée à fleurs. Style Louis XV.

167 — Deux vitrines en bois sculpté et doré. Style XVIIIe siècle.

168 — Meuble de salon en bois sculpté et doré garni

en peluche bleue ciel galonnée jaune. Époque Ier Empire. Composé de un canapé et quatre fauteuils.

169 — Écran en bois sculpté et doré de même époque, feuille en glace avec écran en soie bleue.

170 — Meuble de salon en bois sculpté et peint en noir, dossiers à rosaces fleuries, composé d'un canapé et six chaises. Époque Louis XVI.

171-172 — Quatre coffres en bois sculpté du XVIe siècle, décors variés.

173 — Chaise longue, bois sculpté, foncée de canne. Époque Louis XV.

174 — Canapé en bois sculpté à contours et rocailles. Époque Louis XV, couvert en cretonne.

175 — Meuble crédence, le haut en retrait en bois sculpté XVIe siècle.

176-177 — Deux grandes tables rectangulaires en bois noir verni, à pieds tors avec croisillon, dessus en très belle mosaïque de Florence, offrant des groupes d'oiseaux au milieu d'entrelacs fleuris et encadrés de rinceaux.

Long : 1m85 larg : 0m95.

178 — Ameublement de salon de l'Époque Louis XVI composé d'un canapé, deux fauteuils, dix chaises en bois sculpté peint en blanc à filets bleus, couvert en satin gros bleu.

179 — Ameublement de salon du temps de Louis

XVI composé d'un canapé et cinq fauteuils à cannelures couvert en velours vert frappé.

180 — Fauteuil Louis XIII, bois tors foncé de canne.

181 — Deux commodes, en marqueterie de bois décor : médaillons à personnages, dans des vases fleuris, Louis XVI.

182 — Secrétaire ouvrant à rabat avec casiers et tiroirs à l'intérieur, le bas a deux portes, tout en marqueterie offrant des sujets mythologiques et des ornements Louis XVI.

183 — Bois d'écran à tablette, sculpté et doré Louis XVI.

184 — Canapé en bois sculpté et doré dessin à fleurs et enroulements, Époque Louis XV, couvert en damas de soie rouge.

185 — Fauteuil en bois de citronnier, et marqueterie, montants sculptés à cariatides de lions, partie dorée. Époque Ier Empire.

186 — Cabinet gênois en bois sculpté de la Renaissance d'aspect architectural offrant sur les côtés et sur les profils des figurines en relief.

187 — Table pentagonale supportée par trois pieds forme consoles groupées, à cariatides de femmes, oiseaux fantastiques et petits faunes se détachant dans des ornements feuillagés. Époque Renaissance.

188-189 — Deux fauteuils en bois sculpté à fleurs et feuillages, foncés de canne Époque Louis XV.

190 — Six chaises en bois sculpté dossiers forme écussons, peint en noir foncé de canne, dessus en étoffe. Epoque Louis XVI.

191 — Six grandes chaises en bois des Iles sculpté, dossier dessin à feuillages, pied à griffes, dessus foncé de canne. XVIIIe siècle.

192 — Deux tabourets en bois sculpté et doré, dessin à rocailles feuillagées, couverts en soierie brochée. Epoque Louis XV.

193 — Ecran en bois d'acajou sculpté, époque premier Empire.

194 — Console en bois sculpté et doré, dessin à rocailles fleuries, dessus en marbre. Époque Louis XV.

195 — Console en bois sculpté et doré à grand dessin rocailles feuillagées, dessus en marbre. Epoque Louis XV.

196 — Grande table ronde en bois sculpté supportée par six pilastres reliés entre eux, le tour de la table clouté de cuivre. XVIe siècle.

197 — Six grandes et belles portes avec leurs chambranles en bois sculpté, dessin à rocailles. Époque Louis XV.

198 — Ecran en tapisserie au petit point à fleurs, bois Louis XIII.

199 — Petit bureau bombé à dos d'âne en marqueterie de bois forme Louis XV

200 — Commode bombée en marqueterie de bois forme Louis XV, décor à fleurs.

201 — Bergère Louis XV, à oreilles couverte en lampas.

202 — Petit canapé Louis XVI foncé de canne, avec coussins en lampas.

203 — Petit fauteuil d'enfant.

204 — Deux fauteuils crapauds en satin broché capitonné à rampes de peluche verte.

205 — Canapé et six fauteuils Louis XVI, couverts en damas de laine rouge.

206 — Bergère Louis XVI, couverte en lampas.

207 — Bergère Louis XIV, couverte en lampas vert.

208 — Chaise longue articulée, couverte en lampas vert.

209 — Deux fauteuils Louis XIV, couverts en damas de soie.

210 — Glace Empire de forme octogonale, cadre en bois sculpté.

211 — Commode Louis XVI en marqueterie de bois dessus en marbre.

212 — Petit bahut, forme demi-lune en bois de rose et marqueterie Louis XVI.

213 — Petite table chiffonnière en marqueterie Louis XVI,

214 — Trois potiches en vieux Delft bleu sur blanc.

215 — Veilleuse en fer forme fruit.

TABLEAUX, DESSINS

BAILLET (E.)

216 — *Village au bora de la mer.*

Signé à gauche.

BAKALOWIKZ

217 — *L'entrée de Charles-Quint à Rome.*

BOILLY (genre de)

218 — *Portrait d'homme.*

Pastel.

BONHEUR (Rosa)

219 — *Aloès.*

Aquarelle, signée.

220 — *Lions.*

Dessin signé à gauche.

BOUSSADON

221 — *Vue de Nice.*

Aquarelle.

BRUELLE (GASTON)

221 *bis* — *Maisons de Lisieux.*

Aquarelle, étude signée.

CABAT

222 — *Paysage.*

Signé à droite.

COURBET

223 — *Les Saules.*

224 — *Paysage.*

DELPY

225 — *Bords de rivière avec lavandières.*

Signé à droite.

DEVERIA

226 — *Châtelaine tenant près d'elle son enfant, et caressant un lévrier.*

DETAILLE (CH.)

227 — *Cavalier.*

Dessin signé.

DIAQUÉ

228 — *Paysage avec figure*

Etude signée.

DODD (d'après)

229 — *Marine.*

Gravure encadrée.

DUPRAY (H.)

230 — *Grenadiers en route*

Signé à droite.

ÉCOLE DU XVIIIe SIÈCLE

231 — *La Nuit enlaçant le Jour, supporté par des amours et tenant d'une main sa torche et de l'autre une lance.*

Grand plafond, charmante composition.

ÉCOLE FRANÇAISE DU XVIIIe SIÈCLE

232 — *Le Mercure de France.*

233 — *Le Concert agréable.*

Deux gravures avant la lettre, encadrées.

ÉCOLE FRANÇAISE

234 — *Paysage animé de personnages.*

Dessin.

ÉCOLE MODERNE

235 — *Paysage.*

Petit tableau.

ÉCOLE VÉNITIENNE XVIe SIÈCLE

236 — *Portrait d'un jeune gentilhomme.*

Représenté debout en riche costume brodé d'or, avec collerette tuyautée et ceint d'une écharpe tenant de la main gauche son épée, la main droite posée sur une table sur laquelle se trouve son casque orné d'un panache.

Tableau d'une belle facture.

GUIRAUD DE SCÉVOLA

237 — *Marine.*

Signé à droite.

238 — *Les Bretonnes.*

Pastel signé.

LE ROUX (Constantin)

239 — *La Femme qui rit.*

Pastel signé à gauche.

HOGARTH (Guillaume)

240 — Superbe décoration composée de neufs panneaux représentant : *Les divertissements champêtres*; des scènes de villages et d'intérieur, compositions à petits personnages remarquable de facture.

Haut. moyenne : 1m80. Larg. : 1m45.

LA LYRE

241 — *Nymphe couchée.*

Grand et beau tableau.

LUMINAIS

242 — *Deux chiens devant une terrine*

Signé à gauche.

MEMLING (Ecole de)

243 — Diptyque offrant sur un volet *la Vierge et l'Enfant à la pomme* et sur l'autre le *Portrait de la donatrice*, les mains jointes, en prière.

POLAK

244 — *Gentilhomme Louis XV.*

RAINGO

245 — *Le Buveur.*

Signé.

RAPHAEL (D'après)

246 — *Judith.*

Gravure.

RIBOT

247 — *L'Homme au casque.*

Gentilhomme en riche costume rouge, coiflé d'une toque ornée d'une plume blanche, accoudé sur une table sur laquelle se trouve un casque.

Œuvre importante.

ROUSSEAU (Attribué à TH.)

248 — *Paysage.*

Signé du monogramme.

WILLE (D'après)

249 — *La Double récompense du merite.*
Le Patriotisme français.

Deux gravures encadrées.

250 — Pièce en couleur: *Scène de bataille du Ier Empire.*

251 — Tableaux non catalogués.

ETOFFES, TAPIS, TENTURES

252 — Chasuble en brocart et damas rouge.

253 — Très beau couvre-pied en soierie ancienne fond vert broché à fleurs polychrome.

254 — Portière japonaise brodée à volatiles et fleurs sur fond violet.

255 — Coussin de pied en tapis de Boukhara.

256 — Tapis moquette fond clair à fleurs.

257 — Deux rideaux de fenêtre en peluche doublée de soierie.

258 à 269 — Douze beaux tapis anciens d'Orient de différentes grandeurs de dessins variés (seront vendus séparément)

270 à 277 — Huit carpettes et chemins anciens de Perse et Daghestan (seront vendues séparément).

278 — Objets omis.